Jan Schreiber

HELEN und die People of Source

Jan Schreiber
Albert-Schweitzer-Straße 17
72585 Riederich
Janschreiber1@gmx.net

Lektorat: Anja Kootz, Waren/Müritz
Korrektorat, Satz und Layout: Lektor-hoch-drei, Ludwigsburg
Cover: Marcel Fenske-Pogrzeba, Berlin

ISBN: 978-3-839-11266-3

Die Deutsche Nationalbibliothek verzeichnet diese Publikation in der Deutschen Nationalbibliografie; detaillierte bibliografische Daten sind im Internet unter http://dnb.dnb.de abrufbar.

Herstellung und Verlag:
BoD - Books on Demand, Norderstedt

Jan Schreiber

HELEN
und die
People of Source

Teil

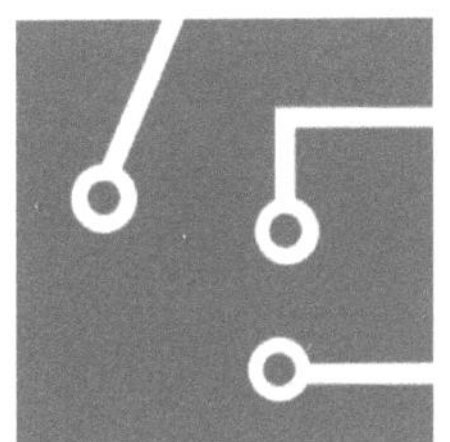

EINS

Wir schreiben das Jahr 2075 und ich bin sechsundneunzig Jahre alt. Ich weiß nicht, ob mir noch ein paar Tage Leben vergönnt sind – oder sogar ein paar Wochen. Ich spüre, dass mein Leben zu Ende geht, und ich bin nicht traurig. Nachdem meine Frau und meine Kinder bei einem Autounfall ums Leben gekommen waren, ich war damals gerade neunundzwanzig Jahre alt, hatte ich mit Gedankenübungen begonnen. Trotz dieses Unfalls rief ich von Beginn an auch Bilder auf, die mit dem Tod zu tun hatten. Jetzt stelle ich fest, dass ich durch diese Übungen eine gute Haltung gegenüber dem Tod eingenommen habe.

Es bleibt ein bisschen Wehmut, aber die kann ich mir ruhig zugestehen, denn immerhin bin ich kurz davor, in eine andere Welt einzutreten.

Aber genug davon: Ich möchte die Zeit nutzen, um von Helen zu erzählen. Ohne Helen wäre ich viel früher gestorben. Ich möchte von diesem denkwürdigen Tag erzählen, als wir uns das erste Mal begegneten. Sollte mir noch mehr Zeit bleiben, dann werde ich auch über die ›People of Source‹ schreiben, die ich ohne Helen niemals gefunden hätte.

D ie große Veränderung begann im Jahr 2016 recht harmlos. So harmlos, dass man genauer hinschauen musste, um überhaupt eine Gefahr erkennen zu können. Ich, als Philosoph, Soziologe und Technikexperte, hatte darauf hingewiesen, dass es zu diesem Schritt kommen müsse; ja, dass es sogar eine logische Abfolge von dem war, was wir bisher wussten. Ich meine damit, dass sich die Technik in unsere Gedanken und Gefühlswelt einschlich.

Die Behörden führten in diesem Jahr den Identifikationschip ein. Der ID-Chip war ein Nanochip, den die Käufer mit etwas Wasser herunterschlucken konnten. So wie die alte Ausweiskarte auch speicherte der Chip alle persönlichen Daten. In der Übergangsphase war der Kauf des ID-Chips freiwillig. Doch die Chipträger schauten jeden, der den Chip nicht hatte, an wie jemanden, der in den Jahren zuvor kein Handy und kein Internet benutzte. Es entstand ein gewisser Kaufdruck. Ich wohnte zum Glück in einem Wohngebiet, in dem die Bewohner genau wissen wollten, was die Behörden und Medien uns vorsetzten. Vor allem die Familie Maisch entwickelte Konzepte für nachhaltiges Leben. Sie gaben Workshops und boten interessierten Menschen Führungen auf ihrem Bauernhof an. Für Frau Maisch war der ID-Chip in dieser Zeit das Thema Nummer eins und sobald sie mich sah, sprach sie mich darauf an. Dabei ging es nicht nur um Unterschriftenaktionen und Informationsabende. Es ging auch um ein Gerücht, das mit dem Chip zu tun hatte und das ich nicht nur von ihr zu hören bekam.

Zwei Jahre nach der Einführung des Chips, an einem Mainachmittag im Jahr 2018, öffnete ich die Tür, um nachzusehen, wer geklingelt hatte.

Ich gebe zu, sie gefiel mir: Die hohen Wangenknochen, das schmale Gesicht, die dunklen Augen und die schwarzen, glänzenden Haare erfüllten meine Vorstellung von einer Traumfrau voll und ganz.

Auf ihre Frage, ob sie eintreten dürfe, winkte ich sie herein, und wir setzten uns an meinen runden Tisch im Arbeitszimmer. Sie redete von Konsumverhalten und von der immer knapper bemessenen Zeit für den Endverbraucher.

»Simplify your life«, sagte sie. »Wenn du *up to date* bist, kannst du durch neueste Technik viel Zeit sparen. Das möchtest du doch auch? Du willst doch nicht zurückbleiben?«

Dass sie mich mit ›du‹ anredete, überraschte mich, und ich fragte nach ihrem Namen.

»Helen«, antwortete sie, nahm meine Hand und führte sie über ihr Gesicht. Ihre Haut fühlte sich kühler an, als ich erwartet hatte, und ihre Stimme folgte einem eigentümlichen Rhythmus.

»Sie wird doch nicht eine von diesen Frauen sein?«, regte sich in mir ein Verdacht und mir fiel das Gerücht ein. Die Rede war von Frauen und Männern, die unterwegs sein sollten und von denen niemand wusste, ob sie überhaupt Menschen waren. Es hieß, sie verkauften den ID-Chip.

Der ID-Chip entstammte genauso wie der Neuronenchip der Forschung, Gehirnstrukturen mithilfe von Computertechnologie nachzubauen. Den ID-Chip sah ich unter anderem deshalb kritisch, weil die Käufer nicht genau wussten, wo der Chip im Gehirn andockte. Bessere Modelle ermöglichten den Käufern, die Computertastatur allein durch Gedanken zu bewegen. Außerdem war es möglich geworden, Informationen direkt von Mensch zu Mensch zu übertragen.

Die Wahrnehmung der Käufer änderte sich erheblich. Niemand wusste, welche Auswirkungen der Chip auf das Gehirn haben würde.

Von Beginn an warnte ich deshalb vor dem ID-Chip und war damit europaweit einer von drei Kritikern, die sich öffentlich dazu äußerten. Während dieser Zeit beschäftigte ich mich sehr mit der künstlichen Intelligenz. Den Neuronenchip bewertete ich positiver, weil durch das Einsetzen künstlicher neuronaler Netze in menschliche Gehirne beispielsweise Körperlähmungen überwunden werden konnten.

Da ich nachgedacht hatte und still geblieben war, versuchte Helen, das Gespräch in Gang zu bringen.

»Gefalle ich dir?« *Klack.* »Ich gefalle dir doch?« *Klack* ..., hörte ich sie fragen und ihre Stimme wirkte, als wären die Wortsilben auf ein Zahnrad montiert, das sich stoßweise drehte.

»Ja«, antwortete ich. Was, wie gesagt, auch zutraf, abgesehen von dieser eigentümlichen Kühle und von der Stimme, die nicht zu ihr passen wollte. Sie ließ meine Hand los, und ich fühlte mich ertappt, dachte aber gleichzeitig, dass ich ihr keine Rechenschaft schuldig war. Denn sie hatte meine Wohnung betreten und mich in ein Gespräch verwickelt.

Ich ging in die Küche, um Tee zu machen. Helen kam von ihrem Verbraucherthema ab und erzählte, dass sie ihren Hotelkartenschlüssel in der Anlage vergessen habe, niemanden erreichen würde und nun nicht wüsste, wo sie übernachten sollte.

Ich stellte Tassen auf den Tisch und betrachtete ihren schmalen Hals, um den sich eine Silberkette und ein schwarzes Lederbändchen schmiegten. Unterhalb der Kette und dem Lederbändchen wölbte sich Helens Bluse etwas hervor und ich vermutete, dass sie ein Medaillon oder einen Anhänger trug. Sie beugte ihren Kopf über die Tasse und nippte am Kräutertee, den ich in der Zwischenzeit eingeschenkt hatte. Da ich nun hinter ihr stand, sah ich, wie Silberkette und Lederbändchen ein Stück tiefer rutschten, weil Helen in diesem Moment ihren Hals streckte. Ich riss mich von diesem Anblick los und setzte mich zu ihr an den Tisch. Nach einem Moment sagte ich:

»Du kannst bleiben. Ich schlafe auf der Couch im Wohnzimmer.«

Ich sagte das, obwohl ich ahnte, dass Helen die Geschichte mit dem Hotelschlüssel erfunden hatte. Ich entschied mich trotzdem dafür, diese Frau kennenzulernen, vor allem um herauszufinden, ob sie das war, wofür ich sie hielt.

Die beste Voraussage nutzt nichts, wenn der Wissenschaftler nicht den Beweis erbringt, dass diese Voraussage eines Tages eintritt. Helen, dachte ich, und meine Fingerspitzen begannen zu kribbeln, konnte für mich dieser Beweis sein. Wissenschaftler hatten bisher die Technik als Sinneserweiterung beschrieben. Der moderne Mensch umgeben von einer visuellen Welt, in der das Alphabet eine große Rolle spielt. Das Auge als wichtigstes Sinnesorgan, mit dem Hang zu einer abstrakten, kühlen Welt, hatte den Menschen, vor allem den Westeuropäer, genauso kühl werden lassen. Die kühle Ära des Auges war noch nicht vorbei. Zunächst erweiterte sich diese Ära vor allem dadurch, dass der Personal Computer seinen Siegeszug angetreten hatte. Ich hatte in meinem letzten Buch dargestellt, dass es trotzdem zu einem *Point of Return* kommen musste. Dass die Erweiterungen, trotz aller technischer Möglichkeiten, bald eine große Einschränkung bedeuten, denn die Menschen würden das wirklich Menschliche nicht mehr fassen können. Diese gefühlsarme Welt würde das Zusammenleben erschweren und Konflikte, wenn nicht sogar Kriege, entstehen lassen. Ich hatte exakt das Jahr 2018 für diesen Umkehrpunkt berechnet, wusste natürlich nicht, wie sich diese Umkehr bemerkbar machen würde. Während Helen in ihrem Reisekoffer etwas zu suchen schien, dachte ich darüber nach, welche Tests ich mit ihr machen konnte, ohne dass sie etwas davon mitbekam.

Trotz aller Neugier fragte ich mich, ob mir Helen gefährlich werden konnte. Dass sie zufällig bei mir aufgetaucht war, hielt ich für unwahrscheinlich, was aber nahe legte, dass sie einem Auftrag folgte. In der Zwischenzeit hatte sie sich wieder an den Arbeitstisch gesetzt. Sie klemmte sich eine Haarsträhne hinter das Ohr und lächelte mich an. Ich beruhigte mich. Dann nahm ich die Gitarre aus dem Ständer. Vielleicht konnte ich durch melancholische Musik an ihre Gefühle herankommen. Ich atmete tief durch und spielte ihr ›The Rose‹ und ›Flatbush Waltz‹ vor. Nachdem ich den letzten g-Moll-Akkord gespielt hatte, sagte Helen:

»Ich weiß genau, wie viele Tränen ich rausdrücken darf. Ich kann sofort feststellen, welches Stück du spielst. Ich kann die Rankingliste des Songs prüfen. Ich sehe die Verkaufszahlen und die Anzahl der Downloads. Ich passe mein Verhalten diesen Informationen an.«

»Du meinst eine App?«

»So ähnlich«, antwortete sie blechern. Sie saß aufrecht vor mir und lächelte mich an, als hätte es die melancholische Musik nicht gegeben, während die Töne und Akkorde für mich immer noch im Raum schwebten. Ich suchte nach Vergleichen, und jetzt hatte ich ein Autodach vor Augen, von dem die Regentropfen abperlten. Ihre Reaktion war eindeutig, was mich verunsicherte und enttäuschte. Warum hatte ich gehofft, sie würde die Musik genauso lieben wie ich? Ich war durcheinander und wich ihrem Blick aus.

»Mit Technik ist alles einfacher«, sagte Helen und lenkte damit von der Musik ab.

Jetzt ist es soweit, dachte ich. Jetzt kommt sie auf den Chip zu sprechen. Doch sie sagte:

»Nimm den Kühlschrank. Du entsorgst morgen das alte Ding und kaufst dir einen mit Internetzugang. Ich kann dir helfen, einen auszusuchen. Der Kühlschrank bestellt sofort, wenn Joghurt und Milch alle sind, im Internet nach. Der Lieferservice bringt dir die Sachen ins Haus. Das ist doch fantastisch, das musst du haben. Heutzutage gehört so ein Gerät in jeden Haushalt.«

»Es gibt noch ein paar kluge Leute in diesem Land, die genau diesen Satz aufgegriffen haben«, antwortete ich ihr.

»Welchen Satz?«

»Das muss man haben. Jede technische Neuerung wird als heilbringend verkauft, als ›must have‹. Ich sag dir was: Das Gegenteil ist der Fall.«

»Das kann nicht sein«, sagte sie und neigte ihren Kopf.

Nein, dachte ich. Auf die Sache mit dem langen Hals falle ich jetzt nicht rein. Schon gar nicht, wenn es sich dabei um eine Halshaut handelt, die sich anfasst wie ein unterkühlter Luftballon.

»Doch, doch«, blieb ich hartnäckig, »der Kühlschrank übernimmt also die Aufgabe, die Lebensmittel zu bestellen. Ein Lieferservice bringt mir die Sachen ins Haus. In ein paar Jahren habe ich verlernt einkaufen zu gehen, und ich habe auch verlernt zu vergleichen und zu entscheiden. Wer aber nicht entscheiden kann, ist nicht frei. Ich aber möchte frei sein. Außerdem kommt hinzu, dass ein wirklicher Raum, nämlich der Einkaufsladen, gegen einen virtuellen Raum ausgetauscht wird. Ich weiß nicht, ob du das verstehen kannst ...«

»Ich kann alles verstehen«, protestierte Helen sofort, und ihr Sprechzahnrad drehte sich schneller als zuvor. »Meine Kapazität ist zehnmal größer als deine. Ich bin effektiver und ...«

»Ja, ja, schon gut. Ich will dir trotzdem sagen, wovon die Menschen leben. Nämlich davon, anderen Menschen zu begegnen, um Ziele, Freude und Erlebnisse mit anderen zu teilen.«

»Schon einmal was von Internet gehört?«

»Ja, aber nur so lange, wie Strom da ist. Kein Strom, kein Computer und kein Internet. Dann fallen die armen Menschen in die wirkliche Welt zurück. Dann werden sie mit ihren Ängsten konfrontiert, und die Ängste werden enorm sein, weil die Menschen verlernt haben, sich zu entscheiden, zu kämpfen und vielleicht auch zu verlieren. Dann trifft das Wort ›Verbraucher‹ wirklich zu, denn dann haben wir eine gesichtslose Masse von Menschen vor uns, die nur am nächstbesten Handymodell interessiert ist.«

»Die Menschen brauchen keine Angst zu haben. Wir haben die Technik.«

»Die Angst bleibt, auch wenn wir versuchen, sie zu verdrängen. Die großen Körperkonstanten: Raum und Zeit. Das Leben ist endlich.«

»Es gibt so viele Gesundheits-Apps. Du kannst dich über das Internet trainieren lassen. Mit der Technik ist es möglich, das Leben zu verlängern.«

»Kommt es tatsächlich darauf an, wie lange wir leben?«

Sie hielt mir vor, dass ich einer sei, der alte Sprache und alte Technik benutzte. Ich hatte ganz bewusst das Gespräch zugespitzt, um ihr zu zeigen, dass sie mir nichts verkaufen konnte. Helen aber störte sich nicht an unserem Gespräch und schien auch nicht davon abzukommen, bei mir übernachten zu wollen. Stattdessen schlug sie vor, das Abendbrot zuzubereiten, und mir war klar, dass es ihr weder um den Chip noch um den Kühlschrank ging. Was wollte sie von mir?

Es gab Bulgur ohne Salz, Pilze und dampfgegarten Brokkoli. Dazu hatte sie eine Karaffe stilles Wasser hingestellt und irgendwelche Steinkristalle in das Wasser gegeben. Dass sich Helen an meinen Herd gestellt und gekocht hatte, fühlte sich merkwürdig an.

»Schmeckt es dir?«, fragte sie.

»Das eine oder andere Gewürz wäre vielleicht nicht schlecht gewesen«, antwortete ich.

Ihre langen Wimpern senkten sich fast bis auf die Wangen. Sie sah mich nicht an und es blieb sehr lange still. Ich bereute meinen Satz und sagte jetzt:

»Ich räume die Küche auf.«

Nach dem Abendbrot zog Helen eine Tüte aus ihrem Reisekoffer. Kurz darauf hatte sie ein schwarzes Kleid an. Ihren Kreislauf hatte sie offenbar hochgefahren, denn in ihre Wangen war eine dezente Röte gekrochen. Die schwarzen Haare fielen ihr locker auf die Schulter.

Du kriegst mich nicht, dachte ich. Ich hatte doch nicht alle Tiefen meines Lebens überstanden, um mich nun von einer mechanischen Braut austricksen zu lassen. Genau das war der Begriff, nachdem ich gesucht hatte. Um halb zehn zog sie sich in mein Schlafzimmer zurück. Ich wartete eine Stunde, dann begann ich, in meiner Schreibtischschublade nach Kabeln zu suchen. Wenn sie das war, wofür ich sie hielt, dann hatte sie eine Schnittstelle, die ich nun finden wollte.

Ich öffnete die Tür und zweifelte sofort an meinem Plan. Sie hatte die Rollläden oben gelassen, und da der Vollmond das Zimmer matt erhellte, konnte ich ihre Gestalt gut erkennen. Sie trug eine Pyjamahose. Die Decke hatte sie weggestrampelt und sie musste im Bett nach unten gerutscht sein. Das T-Shirt hing ihr wie ein Stoffreifen unter den Armen. Ich sah ihren flachen Bauch. Nachdem ich sie eine Weile betrachtet hatte, wie sie so friedlich dalag, musste ich mich regelrecht dazu zwingen, darüber nachzudenken, wo die Schnittstelle sein könnte. Ich holte meine Feuerzeugtaschenlampe und begann, Körperstellen zu betrachten, die sie selbst gut erreichen konnte. Als erstes den Bauchnabel, dann die Hautpartie unterhalb des Bauchnabels bis zum Rand der Pyjamahose. Alles schien normal, bis ich oberhalb des rechten Hüftknochens einen feinen Hautstrich entdeckte, der da nichts zu suchen hatte. Falte wäre zu viel gesagt, denn es war wirklich nur ein Strich von vielleicht fünf Millimetern Länge. Der Strich hatte sich dort ergeben, weil zwei Hautlappen aufeinandertrafen, die zueinander keine Verbindung hatten. Volltreffer, dachte ich und zog die Haut an dieser Stelle mit Daumen und Zeigefinger vorsichtig auseinander. Helen atmete ruhig.

Ich aber merkte, dass meine Finger auf ihrer Haut zitterten. Ich nahm die Spannung aus meiner Hand, ließ aber die Finger auf ihrer Haut liegen. Sie kann aufwachen, dachte ich. Ich könnte ihr in diesem Fall erzählen, dass ich vorgehabt hätte, eine Biene von ihrem Bauch zu verscheuchen. Jetzt spannte ich meine Finger wieder an und zog die Haut etwas auseinander. Im Pegel der Taschenlampe erkannte ich einen metallischen Porteingang, der genauso aussah wie der Kabeleingang an einem Handy. Ich griff mit der rechten Hand nach dem Kabel, zögerte einen Moment, doch dann ...

Teil

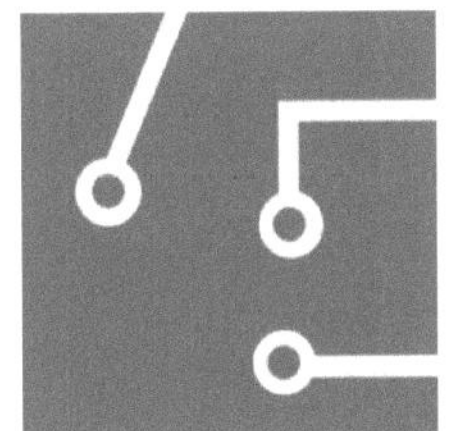

ZWEI

26

---

ieß ich die Hand wieder sinken. Ich schob mich leise vom Bett und verließ mit dem Kabel in der Hand das Schlafzimmer. Nachdem ich die Tür geschlossen hatte, atmete ich tief durch. Die Vorstellung, Helen an das Kabel anzuschließen, war mir vorgekommen, als wäre ich dabei, ihr Tagebuch zu öffnen, um darin zu lesen.

Jetzt war ich froh, diesen Schritt nicht gemacht zu haben.

Helen stand am nächsten Morgen um halb fünf auf. Sie war sehr blass. Helen blieb still, schenkte mir keinen Blick und ich ahnte: Sie wusste, dass ich im Schlafzimmer gewesen war.

Sollte sie gestern Abend tatsächlich versucht haben, mich zu verführen, dann hatte ich sie mit diesem lächerlichen Kabel in der Hand beleidigt. Ich hatte sie auf eine Maschine reduziert. Was aber, wenn sie keine Maschine sein wollte, sondern eine normale Frau?

An diesem Morgen blieb die Stimmung zwischen uns frostig. Ich kochte ihr einen Fencheltee. Ihr Blick verlor sich in der Tasse und ihre Wimpern senkten sich bis auf ihre Wangen. Sie nippte ab und zu am Tee, schlang ihre Arme um sich und war weiterhin bemüht, mich nicht anzuschauen. Sie schien zu frieren und ich wäre am liebsten zu ihr gegangen, um sie in den Arm zu nehmen.

Die Entwicklung künstlicher Gehirnstrukturen hatte bereits vor der Jahrtausendwende begonnen, wie ich später feststellte. Ich hatte mich erst danach mit meinen Büchern und mit meinen Aufsätzen diesem Thema gewidmet. Es war wichtig geworden zu entscheiden, welche Entwicklungen wir ethisch vertreten können und welche nicht. Das künstliche Neuron konnte so wie das echte Neuron Signale an das Gehirn senden und diese auch empfangen. Allerdings musste auch der künstliche Nerv mit allen Synapsen verbunden werden.

Ein Neuron hat im Schnitt siebentausend Synapsen. Das Gehirn hat hundert bis zweihundert Milliarden Neuronen. Bislang war es nicht möglich gewesen, einen Großteil des Gehirns durch künstliche Neuronen zu ersetzen. Der Prozess hätte aufgrund der Synapsenzahl Tausende von Jahren gedauert.

Was aber, dachte ich und starrte Helen an, wenn es Forschern gelungen war, den Prozess zu verbessern, ohne dass ich davon etwas mitbekommen hatte? Was, wenn Helens Gehirn zu mehr als der Hälfte aus künstlichen Neuronen bestand? Wo war ihr Bewusstsein? In ihr oder in dem externen Softwareprogramm, das sie steuerte? Hatte sie eine Seele?

Die Forscher hatten alles daran gesetzt, den Computer menschenähnlicher zu machen. Die Menschen ihrerseits näherten sich in ihrem Verhalten dem Computer an. Waren wir nun, ich starrte Helen immer noch an, auf dem Gipfel dieser Entwicklungen angekommen? War Helen Ausdruck dessen, dass wir den *Point of Return* erreicht hatten?

Ich schob mich ein Stück näher an sie heran und zog die Luft tief durch die Nase in meine Lungen. Nach dem Aufstehen ist man für gewöhnlich noch eine Weile von dem Duft der Nacht umgeben. Ein Duft nach warmen Betten und Kissen, der so viel Geborgenheit vermittelt. Diesen Geruch hatte ich an meiner Frau Christin immer gemocht. Aber Helen roch nicht – und zwar gar nicht. Wieder fühlte ich mich, da sie so verloren vor mir auf dem Küchenstuhl saß, auf eine Art angezogen und gleichzeitig abgestoßen. Genau in diesem Moment schaute sie auf und sagte: »Ich muss gehen.«

Sie stand auf, griff nach ihrer Jacke und nach dem Reisekoffer. Helen lief rasch zur Wohnungstür. In wenigen Augenblicken würde ich die Tür ins

Schloss fallen hören. Erschrocken nahm ich die Arme nach oben. »Halt«, wollte ich rufen, »wer bist du?« Doch ich klappte nur meinen Mund auf und ließ die Arme wieder sinken.

Helen blieb stehen. Nach einem Moment drehte sie sich um und ging ein paar Schritte auf mich zu. Sie schaute mich an und ihre Augen glänzten, als hätte sie geweint.

»Du wirst sterben«, sagte sie.

»Ich bin neununddreißig und habe noch nicht vor zu sterben.«

»Es sind deine Ideen, dein Konzept, alles, wofür deine Frau und deine Kinder gestorben sind.«

Ich sperrte meinen Mund noch weiter auf. »Sie sind auf der A 81 gestorben«, brachte ich mühsam hervor. »Ein LKW hat sie zerquetscht.«

»Sie wollten dich stoppen.«

Mir war nicht klar, was Helen damit meinte. Christin hatte immer um unsere Bücher und Projekte gekämpft. Nach ihrem Tod hatte ich kaum noch Bücher verkauft. Weder die Verlage noch die Leser interessierten sich für meine Arbeit.

»Aber du hast weitergemacht«, ergänzte Helen meinen Gedanken, als hätte ich ihn laut ausgesprochen. Erschrocken trat ich einen Schritt zurück.

»Du hast das alternative Geldsystem entwickelt
und die Software dazu programmiert. Du hast ge-
zeigt, wie wichtig Kultur ist, um Programme überhaupt verstehen zu können. Das alles hast du meisterhaft ausgearbeitet, ohne jegliche Aussicht auf
Erfolg. Wie kann man derart besessen an etwas arbeiten, das scheinbar niemanden interessiert?«

Ich schloss die Augen. Helen war mit dieser
Frage bis zum allertiefsten Punkt meiner Seele vor-
gedrungen. Denn wie viele Nächte hatte ich wach
gelegen? Wie oft hatte ich mich gesorgt, dass ich als
Wissenschaftler und als Schriftsteller versagt hatte,
dass meine Konzepte wertlos waren?

»Trotz aller Zweifel«, versuchte ich ihr zu erklä-
ren, »fühlte sich für mich die Arbeit an diesem Projekt richtig an. Irgendwie schien ich dadurch die
Verbindung zu Christin aufrechterhalten zu können.
Es war schließlich unser Projekt und ich war, so
dachte ich, verpflichtet, die Arbeit zu Ende zu bringen. Natürlich hoffte ich auch darauf, dass sich die
Leser eines Tages wieder für mich interessieren
würden. An dieser Hoffnung hielt ich mich jahrelang
fest.«

»Du bist beseelt«, sagte Helen leise und seufzte.
»Ganz mit Hoffnung durchtränkt, so wie ein

Schwamm, der Wasser aufsaugt. Ich weiß nicht, wie es sich anfühlt, wenn man eine Idee so verinnerlicht hat. Woher kommt die Hoffnung?«

Sie seufzte. Diesmal etwas lauter als zuvor.

»Es war kein Unfall«, sagte sie.

»Was sagst du?«, fuhr ich auf.

»Pscht ... leise. Nicht so laut. Sie wissen in jedem Augenblick, wo du dich befindest.«

»Ich schalte das GPS immer ab und habe auch keinen Chip im Kopf.«

Helen lächelte und winkte ab.

»Jeder Mensch hat sein eigenes Energiefeld. Sie legen einen Referenzpunkt fest, der meistens mit dem Wohnort übereinstimmt. Sobald du dich bewegst, bekommen die mit, in welche Richtung du gehst, und wenn du laut genug bist, dann können sie dich auch hören. Die Drohnen sammeln diese Daten. Seit zwei Jahren laufen die Verfahren zur Aussortierung von Einzelpersonen und du bist dabei.«

»Wie?«

»Die markierten Personen sterben an Herzversagen. Offiziell ist immer das Wetter schuld. Die Drohnen können über Funk den Sinusknoten des Herzens beeinflussen. Es kommt zum Herzstillstand. Die Sortierungen passieren immer zu extremen Hochwetterlagen. Die Medien berichten gerne über das Wetter, den angeblichen Klimawandel, und die Toten gehören eben dazu.«

Die Sportindustrie hatte in den Jahren zuvor die Menschen dazu gebracht, Daten über Herzfrequenz, Gewicht und Blutdruck freiwillig in das Netz zu stellen. Was lag also näher, als diese Daten auszuwerten, dachte ich.

»Wer sind *sie*?«, fragte ich nach.

»Das ist der Rat. Zehn Menschen, die mehr als achtzig Prozent des weltweiten Vermögens besitzen.«

»Und sie wollen weiter wachsen. Oder?«

Helen kam näher. Sie griff mit einer Hand nach dem Lederbändchen und drehte eine kleine Muschel, die an dem Bändchen hing.

»Heute bekommen wir Temperaturen bis achtunddreißig Grad. Du hast noch etwas Zeit, hoffe ich. Heute sterben der Gemüsehändler und die Frau Maisch.«

Helen sagte das und es klang, als solle mich der Tod von Karl, dem Gemüsehändler, und Frau Maisch beruhigen.

Ich lächelte: Ich hielt Helens Ankündigung für absurd.

Helen blieb einen Augenblick still, dann sagte sie:

»Ich muss jetzt gehen. Für eine gewisse Zeit können sie mich nicht orten, aber die ist jetzt um.«

Helen ging rasch zur Tür und sagte: »Bis bald.«

Nachdem Helen gegangen war, nutzte ich die kühlen Morgenstunden, um im Garten das Kräuterbeet, den Salat und die Tomaten zu gießen. Dabei versuchte ich, meine Gedanken zu ordnen. Ab und zu schaute ich über den Grundstückzaun auf die Straße. Frau Maisch lief zügig am Grundstück vorbei. Sie ging wie jeden Morgen in ihren Garten, um den Hühnerstall zu öffnen. Danach kamen die Postfrau und ein DHL-Express. Mir rannen Schweißtropfen von der Stirn in die Augen.

Ich konnte das normale Leben auf der Straße beobachten, beruhigte mich und dachte, dass mir Helen eine schöne Geschichte aufgetischt hatte. Aber warum wusste sie so genau über den Unfall meiner Familie und über meine Projekte Bescheid? Was hatte es damit auf sich?

In diesem Moment hörte ich ein Dröhnen und ein grüner VW-Bus hielt direkt vor meinem Grundstück. Karl, der Gemüsehändler, sprang aus dem Bus und schwang dabei eine Glocke.

»Salat, frischer Salat!«

Er winkte mir zu und ich fragte ihn, ob er seinen Auspuff noch nicht repariert habe.

»Heute habe ich ein ganz anderes Problem als den Auspuff«, antwortete er.

Ich ging zu ihm. Während er an ein paar Frauen Salat und frühe Kartoffeln verkaufte, sagte er:

»Meine Schiebetür ist aus der Schiene gesprungen. Wir müssen die Tür wieder einhängen.«

»O. k.«, sagte ich und nickte ihm zu.

Karl mochte zwischen fünfundsechzig und siebzig Jahre alt sein. Trotzdem griffen seine Hände schnell und zielstrebig nach dem Gemüse und nach dem Wechselgeld. Von der Arbeit auf dem Feld war seine Gesichtshaut tiefbraun geworden. Er scherzte mit den Frauen und drehte sich, als die letzte Kundin gegangen war, zu mir um und sagte:

»Komm, wir probieren es.«

Mit einer Handbewegung zeigte er auf die Schiebetür, die schief an dem Bus hing. Er kniete sich vor das Auto und seine rechte Hand legte sich an die untere Kante der Tür, während er mit der linken versuchte, die Tür vor- und zurückzubewegen.

»Nein«, sagte ich, »du musst unten drücken und mit der linken Hand versuchen, die Tür oben in die Schiene zu bekommen.«

Er drehte sich zu mir um.

»Hör mal!«, sagte er laut und lachte. »Ich kann nur Kraut hacken oder scheißen. Beides zusammen geht nicht. Würdest du also bitte oben gucken und ich schaue unten?«

Ich lachte und fasste nach der Tür.

»Eins, zwei und drei«, rief Karl. Wir zogen und drückten an der Tür. Ich hörte ein quietschendes und schleifendes Geräusch und auf einmal ließ sich die Tür einigermaßen leicht in der Schiene bewegen.

Karl kam auf die Füße und rief im Aufstehen: »Geschafft!«

Er schaute mich lächelnd an.

Plötzlich griff er sich in Höhe des Herzens an die Brust und sein Mund verzog sich. Er sank vor mir auf die Knie und stöhnte laut auf. Ich griff nach ihm, konnte aber nicht verhindern, dass er zur Seite kippte und auf die Straße sank. Ich drehte ihn auf den Rücken.

»Karl, Karl«, rief ich und griff nach seinem Kopf. Die Zunge hing ihm unnatürlich im Mund. Sein Kopf neigte sich kraftlos zur Seite und ich wusste: Er ist tot.

Nachdem der Krankenwagen gekommen war, ging ich in meine Wohnung zurück und setzte mich in der Küche auf einen Stuhl. Ich schloss die Augen und versuchte, mich mit aller Kraft auf meine Übungen zu konzentrieren. Ich dachte an Christin und die Kinder. Sie winkten und lachten mir zu und ich badete in der Hoffnung, dass wir eines Tages wieder vereint sein würden. Danach versuchte ich die Geschehnisse der letzten Stunden möglichst nüchtern zu durchdenken. In einem Zeitalter, in dem es möglich war, kaputte Gehirnnerven durch Neuronenchips zu ersetzen, war es sicher nicht ungewöhnlich, einer Frau zu begegnen, die etwas Metallisches an ihrem Körper hatte.

Dreißigjährige, die weder geraucht noch getrunken hatten, waren schon an Herzversagen gestorben. Für Helens Kabeleingang und Karls Tod gab es sicher Erklärungen. Ich versuchte, nicht auf die Zweifel in meinem Kopf zu achten. Dann aber der Gedanke und der Drang, aufzustehen und zum Wohnhaus der Familie Maisch zu laufen, um nachzusehen, wie es Frau Maisch ging. Ich könnte sie warnen, dachte ich und fragte mich gleichzeitig, wovor ich meine Nachbarin warnen wollte und was genau sie unternehmen könnte, um sich zu schützen. Nein, dachte ich und schüttelte den Kopf, ich mache mich lächerlich. Ich durchdachte alle möglichen Optionen und versuchte, mich dann wieder auf die Fakten zu konzentrieren. Ich blieb auf dem Küchenstuhl sitzen und döste ein. Aber so, als hätte von meinen Füßen bis zu meinem Kopf jede Körperzelle auf den Moment gewartet, wachte ich pünktlich um zehn nach fünf auf und war sofort hellwach. Seit achtzehn Jahren lief Frau Maisch um genau fünfzehn Minuten nach fünf an meinem Haus vorbei, um zu ihrem außerhalb gelegenen Hof zu gelangen und den Hühnerstall zu schließen. Sie abends laufen zu sehen, gehörte zum Tag dazu. Meine Nachbarn und ich waren uns darüber einig, dass man nach Frau Maisch die Uhr stellen konnte. Manchmal ging sie zwei Minuten früher oder später die Straße entlang. Das kam aber höchst selten vor. Ich schaute auf meine Uhr: genau fünfzehn Minuten nach fünf. Ich stand auf und stützte mich auf der Arbeitsplatte der Küche ab, um besser aus dem Fenster sehen zu können. Mir brannten die Augen. Ich schloss sie kurz und starrte dann wieder aus dem Fenster auf die Straße, die nach wie vor leer vor mir lag. Wieder ein Blick auf die Armbanduhr. Zweiundzwanzig Minuten nach fünf. Ich spürte mein Herz und starrte aus dem Fenster. Das, was ich nun sah, führte dazu, dass meine Hände so fest die Kante der Arbeitsplatte umfassten, dass es begann zu schmerzen. Gerade schob sich eine schwarze Limousine aus der kleinen Nebenstraße, in der das Haus der Maischs stand. Die Limousine glitt langsam an meinem Fenster vorbei. Herr Maisch folgte dem schwarzen Auto mit müden Schritten und gebeugtem Oberkörper, bis er stehen blieb und sich beide Hände vor das Gesicht hielt. Ich trat den Küchenstuhl beiseite. Ich wollte auf die Straße und ihm unter die Arme greifen und ihn trösten. Ich wollte schreien:

»Seht euch vor! Etwas Schlimmes passiert!«

Ich sprang zur Tür und hatte die Klinke schon in der Hand. Plötzlich fuhr mir eine kalte, mächtige Kraft in den Bauch.

Ich traute mich nicht, mich zu bewegen, denn das, was in meinem Bauch war, fühlte sich scharfkantig an und ich fürchtete, mich daran zu verletzen und innerlich zu verbluten.

Die Kraft tastete sich vom Bauch nach oben in Richtung Herz, während ich vor Schmerzen schrie. Ich schleppte mich in das Wohnzimmer. Dort fiel ich der Länge nach auf den Boden. Ich bekam nicht genug Luft. Die Kraft drückte mir den Brustkorb zusammen. Ich kroch auf mein Bücherregal zu und streckte meine zitternde Hand nach dem Projektbuch aus. Fast mein ganzes Lebenswerk, einschließlich aller DVDs. Tränen liefen mir die Wangen herunter. Ich hob meinen Kopf, dachte kurz daran, mich am Regal hochzuziehen. Mein Blick blieb an einem Foto hängen, auf dem Christin zu sehen war und das in einem Fach des Bücherregals stand. Christin am Strand, hinter ihr blaues Meer. Sie trug ein Lederbändchen mit einer Muschel um den Hals. Ich wollte nach dem Foto greifen, schaffte es nicht und ließ mich erschöpft auf den Boden sinken. Aus den Augenwinkeln bekam ich mit, wie sich die Wohnzimmertür öffnete. Helen trat ein und war mit einem Sprung bei mir. Sie beugte sich zu mir herunter und über meinem Gesicht baumelte ein Lederbändchen und ich starrte auf das, was an dem Bändchen hing. Komischerweise dachte ich darüber nach, wie so warme Farben, also eigentlich Terrakottafarbtöne, in den Kalk gelangen konnten. Die Oberfläche war nicht glatt, sondern geriffelt. Die Rillen liefen nach oben immer enger zusammen auf einen Punkt zu und genau dort schob sich das Lederbändchen durch die Muschel.

Helen legte beide Hände auf meinen Brustkorb und der Schmerz verschwand. Ich atmete tief und sie half mir auf die Beine.

»Komm«, sagte sie. »Wir müssen sofort los.«

Teil

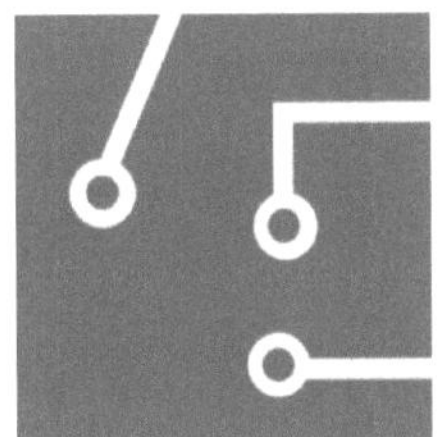

DREI

Ich öffne das große Fenster meines Apartments und schließe die Augen. Ich kann das Rauschen der Wellen hören, die gegen den Strand gleiten. Dazwischen höre ich aufgeregte Männerstimmen:

»Panikmache«, sagt der eine.

»Es ist aber wahr«, sagt der andere.

Seit Wochen spüre ich eine gewisse Spannung zwischen den People. Hektik und ungelöste Konflikte waren etwas, das ich von den People of Source nicht kannte. Deshalb musste diese Spannung andere Ursachen haben.

In diesem Moment, ich wende mich wieder meinem Schreibtisch zu, wird mir klar, dass ich diesen Bericht nicht nur wegen meines bevorstehenden Todes schreibe. Nein, nun wirkt es eher, als wolle ich meine Arbeit, unser System, schützen und in Sicherheit bringen, bevor es zerstört werden kann. Möglicherweise sind das die Spinnereien eines alten Mannes. Denn außer der Spannung und ein paar Wortfetzen, die durch mein Fenster hereingeweht worden waren, gab es keine Anzeichen einer Bedrohung.

Trotzdem drängt eine Stimme in mir dazu, diese Geschichte möglichst schnell aufzuschreiben und in das Versteck zu legen.

Helen schob mich auf den Beifahrersitz eines kleinen Renaults. Ich schnallte mich an und nahm zwei Stoffbeutel auf meinen Schoß. Meine Bücher, DVDs und die angefangenen Manuskripte steckten in diesen Beuteln, die ich umklammerte wie zwei Kinder. Das Lederbändchen sah ich nirgends an Helen und ich begann, an meinem Verstand zu zweifeln. Vielleicht war das Bändchen mit der Muschel nur als Fantasiebild in meinem Kopf entstanden, denn ich hatte vorher intensiv Christins Foto betrachtet. Wäre es mir lieber, das Bändchen an Helenes Hals zu sehen, fragte ich mich. Erschöpft lehnte ich mich in meinem Sitz zurück und schloss die Augen. Wenn es sich wirklich um Christins Bändchen gehandelt haben sollte, dann hatte ich Helen Fragen zu stellen: Wir war sie zu dem Bändchen gekommen und was wusste sie über Christin und meine Kinder?

Und überhaupt? Ich wusste noch nicht einmal, wohin wir fuhren. Noch einen Angriff hätte ich nicht überlebt. Dennoch lag meine Zukunft, ja, sogar der morgige Tag undurchsichtig vor mir. Erschöpft rieb ich mir die Augen und schaute Helen an.

Sie hielt zu den Autos vor uns immer den gleichen Abstand. Beim Überholen konnte ich das klackende Geräusch des Blinkers genau fünfmal hören. Fünfmal links, fünfmal rechts und sie fuhr wieder auf die rechte Fahrbahnseite. Wir hatten wie die meisten Autos ein Navigationsgerät an der Frontscheibe hängen. Sie schaute nicht ein einziges Mal auf das Gerät. Vor München erfasste ein Kribbeln meinen Körper; eine seltsame Kraft ging von Helen aus. Wir tauchten in das Straßengewirr ein und ausgerechnet jetzt blickte sie auf das Navi, das sich sofort ausschaltete. Wir verließen die Häuserzeilen, fuhren von einer Schnellstraße auf eine Landstraße und standen plötzlich vor einer großen Wiese.

Vierzig Meter von uns entfernt konnte ich einen Hubschrauber erkennen.

„Komm«, sagte Helen. »Wir lassen das Auto hier stehen.«

Als wir bei dem Hubschrauber ankamen, empfing uns ein sehr großer Mann. Helen stellte sich vor diesen Mann und schaute ihm in die Augen, dann nickte sie. Der Mann kam auf mich zu, lächelte und sagte:

»Steve.«

Wir kletterten in den Hubschrauber. Helen setzte sich in das Cockpit und ihre Hände griffen schnell nach den Schaltern. Ich hatte Mühe, ihren

fliegenden Händen und den flinken Fingern hinter-
herzuschauen. Steve und Helen saßen im Cockpit.
Noch immer hatten sie nicht mit mir gesprochen.
Ich schaute aus dem Fenster. Unter uns breitete sich
München aus. Wir überflogen die Stadt in Richtung
Süden. Nach knapp zwei Stunden konnte ich das
Meer sehen. Ich nahm an, die Adria.

Helen und ich folgten Steve, der uns in das Apartment bringen sollte. Wir überquerten einen runden Platz. Die People schauten uns mit offenen und freundlichen Gesichtern an, manche winkten uns zu. Die Kinder umringten uns. Alle wollten Helen berühren. Für die Kinder schien Helen eine Art Superstar zu sein. Mir war klar, dass die People auf Helen und vielleicht sogar auf mich gewartet hatten.

Im Apartment sagte Steve zu mir, ich solle mich entspannen, und zeigte dabei auf eine große Schale mit Weintrauben, die auf einem Tisch stand. Tatsächlich hatte ich aufregende Stunden hinter mir. Ich war von der Reise und den Fragen, die mich bewegten, erschöpft. Bevor mir auf dem Sofa die Augen zufielen, bekam ich gerade noch mit, dass Helen zu mir sagte, morgen wäre ihr großer Tag, im Grunde ihr zweiter Geburtstag.

Am späten Morgen des anderen Tages verschluckte ich mich an meinem Müsli, denn Steve hatte mir gerade eröffnet, dass sich Helen in diesem Moment auf eine Operation vorbereiten würde. Ich sprang auf und schrie:

»Ich muss sofort zu ihr!«

Steve nickte kauend und sagte: »Komm, dann gehen wir.«

Eine Stunde später standen Steve, der Arzt Dr. Martin Neumann und ich hinter einer Glasscheibe. Wir schauten auf einen Operationstisch. Von Helen konnte ich kaum etwas erkennen, denn zwei Schwestern waren gerade dabei, sie mit blauen Operationstüchern abzudecken.

»Sie möchte wieder fühlen, hat sie uns gesagt«, sagte Martin. »Wir werden versuchen, ihr diesen Wunsch zu erfüllen, obwohl wir ihr von dieser Operation abgeraten haben.«

»Es fehlt ihr also nichts?«

»Es fehlt ihr nichts und zugleich alles.«

Martin drehte sich von der Glasscheibe weg und ging zu einem Laptop.

»Wie du siehst, steht unser Haus den großen Häusern in nichts nach. Wir verwenden auch das *Picture Archiving Communication System*, kurz

PACS. Ich kann dir Helens Bilder sogar im 3D-Format zeigen.«

»Ja«, antwortete ich ungeduldig und drehte mich zu der Wand, an der ein großer Monitor hing.

Auf dem Monitor erschien jetzt die typische Struktur eines Gehirns. Eine Vielzahl von Wölbungen – durchzogen mit Falten und Furchen. Das Gehirn war vor einem hellblauen Hintergrund lindgrün dargestellt. Die Struktur des Kopfes war mit hauchdünnen weißen Fäden umrissen, die aussahen wie Kondensstreifen eines Flugzeugs. Die nebelartigen Fäden zogen sich auch durch die Furchen des Gehirns. Martin klickte und jetzt kehrte sich das Farbverhältnis um. Das große Gehirn erschien weiß und in dessen Mitte konnte ich ein kleines lindgrünes Zentrum erkennen. Dieses Zentrum hatte außerdem lilafarbene Flecken.

»Das Zwischenhirn«, sagte Martin. »Und wenn du genau hinschaust, dann fallen dir Flecken auf. Das sind die Stellen in Helens Gehirn, die künstliche, neuronale Strukturen aufweisen. Du siehst also ...«, Martin klickte weiter, »... Veränderungen im Epithalamus, im Thalamus und im Hypothalamus, der beispielsweise Hunger und Durstempfinden steuert.«

Martin klickte durch mindestens zwanzig Bilder. Mein Blick folgte dem Cursorpfeil auf dem Monitor und gleichzeitig hörte ich Martins Erklärungen. Die Flecken sah ich auf jedem einzelnen Bild. Ich fuhr mir mit einer Hand über die Stirn.

»Ist nicht möglich«, sagte ich und trat noch näher an die Aufnahmen heran.

»Sie hat als Mädchen einen Nanoroboter verschluckt, der über die Dünndarmwand in die Blutbahn gelangte und anschließend zum Gehirn gewandert ist. Über Jahre hinweg hat der Roboter operiert und neue Verbindungen geschaffen. Aus technischer, medizinischer Sicht hat der Roboter seine Aufgabe meisterhaft erfüllt. Helen kann kaum noch Schmerzen empfinden, sie kann Tage, ohne etwas zu essen und zu trinken, auskommen, sie speichert Informationen, ganze Datensätze, beispielsweise Landkarten, in ihrem Gehirn ab wie in einem Computer. Allerdings, und da beginnen die Probleme, zum einen möchte sie wieder fühlen wie ein Mensch und zum anderen: Nun, ja ...« Martin räusperte sich und strich mit einer Hand über das Kinn.

»Die Sache ist nicht ungefährlich«, sagte ich leise. Martin schaute mich an und nickte.

Natürlich wollte ich noch mehr darüber wissen, was an Helen verändert worden war. Andererseits stieg eine Mischung aus Wut und Verzweiflung in mir hoch. Ich spürte Schweiß auf meinen Handinnenflächen und musste mich zwingen, ruhig zu atmen.

»Helen hängt an einer Cloud, an einem Superrechner, wenn du so willst, und natürlich bezieht sie externe Daten. Du zum Beispiel hörst einen Krankenwagen und das Martinshorn. Du fährst mit deinem Auto an den rechten Fahrbahnrand und wartest, bis der Krankenwagen vorüber ist. Die Cloud aber hätte Helen den Krankenwagen und das nervige Geräusch des Signalhorns als Illusion schicken können.

Alle anderen von Helens Art können nicht unterscheiden, ob sie in einem Moment gerade eigene Sinneswahrnehmungen haben oder ob die Eindrücke der Zentralrechner geschickt hat. Dieser Zusammenhang dürfte dir bekannt vorkommen. Das ist die berühmte Verschmelzung. Helen ist die Einzige, die zwischen eigenen und fremden Eindrücken unterscheiden kann. Es gelingt ihr wohl nicht immer, aber doch überwiegend, was unser Glück ist.«

»Sonst?«

Martin zuckte die Schultern.

»Falls du dich fragen solltest, ob es gefährlich ist, Helen hier zu haben, dann kann ich dir sagen, dass es uns ohne sie gar nicht geben würde. Für uns ist sie eine Heldin und vor allem ist sie die erste Überläuferin überhaupt. Es darf nichts schiefgehen. An den Gehirnstrukturen ändern wir heute nichts. Heute versuche ich, die Verbindungen zur Cloud zu kappen. Dazu entfernen wir einen Minisender, den wir in einer Hauttasche auf der Pectoralisfaszie gefunden haben.«

»Trotzdem wissen wir nicht, was passiert«, brachte ich mit gepressten Lippen hervor.

Martin nickte. »Es wird ihr etwas fehlen.«

»Etwas fehlen?«, fuhr ich auf und packte Martin an den Schultern. »Was ist, wenn sie nie wieder reden kann? Was ist, wenn sie nicht überlebt? Ich habe Fragen, die nur sie beantworten kann!«

Martin trat einen Schritt zur Seite und griff nach einer Akte. Ich konnte Helens Passfoto erkennen. Martin tippte auf das Wort ›Familie‹. Drei Zeilen tiefer las ich das Wort ›Lebenspartner‹ und daneben stand mein Name.

Martin schaute mich einen Moment an, dann sagte er:

»Für sie bist du der wichtigste Mensch. Reiß dich zusammen. Geh zurück in das Apartment. Ich melde mich heute Abend.«

Martin hatte mir einige Fragen über Helen beantwortet, warum sie mich aber als Lebenspartner hatte eintragen lassen, war mir nicht klar. Ich recherchierte im Intranet der People und fand heraus: Helen hieß mit Nachname Frey und ich konnte sie einer sehr großen Familie zuordnen. Offenbar hatte sie zu ihren Eltern, Geschwistern und Verwandten keine Beziehung mehr. Das warf wieder neue Fragen auf und ich raufte mir die Haare.

Tatsächlich meldete sich Martin gegen Abend und teilte mir mit, dass die Operation gut verlaufen sei. Helen könne in wenigen Tagen entlassen werden, doch bis dahin solle ich von Besuchen absehen.

Zum Glück waren meine Tage nach ihrer Operation bis oben hin angefüllt mit Arbeit. Steve stellte mich Konrad und Melanie vor. Zusammen bildeten wir eine Arbeitsgruppe und ich begriff schnell, dass die People zu weiten Teilen mein Konzept umgesetzt hatten.

Was mir während der ersten Tage vor allem auffiel, war: wie stark das alte Geld unser Verhalten und unser Denken beeinflusst hatte. Dem Banker, dem Versicherungsmann, dem Zahnarzt, ja, noch nicht einmal dem besten Freund konnte man zutiefst und ganz vertrauen, denn alle Entscheidungen hatten immer mit Geld zu tun gehabt. Jede Statistik, jeder Ernährungstipp, alles war vom Geld durchtränkt gewesen. Ich hatte mich oft einsam gefühlt. Die Leute blieben an der Oberfläche, sie feilten an ihrem äußeren Bild, umgaben sich mit BMWs, Häusern und teuren Reisen. Das innere Bild konnte ich nur erahnen. Viele meiner Mitmenschen schafften es nur noch zur Arbeit und wieder nach Hause zurück. Es blieb keine Zeit, die Welt ein bisschen besser zu machen und sich politisch und sozial zu engagieren. Die Industriegesellschaft entfremdete die Menschen voneinander in einer nie dagewesenen Form. Das Ergebnis waren ›Konsumzombies‹, wie ich sie nannte. Aus den ›Konsumzombies‹ entwickelten sich ›Gefühlszombies‹. So war also mein Freundeskreis klein geblieben und ich war oft genug traurig darüber.

Bei den People aber fiel mir auf, dass ich im Konsumsystem nicht die Konsumsprache gesprochen hatte. Das also hatte die Distanz zwischen mir und meinen Mitmenschen entstehen lassen. Bei den People hingegen gab es niemanden, der auf Teufel komm raus eine Show abziehen wollte, um mehr zu verkaufen. Ich spürte in den ersten Tagen, wie sich in mir Denken, Handeln und Sprechen zu einer Einheit verbanden. Denn das, was ich sagte, fiel auf ehrlichen Boden. Das hieß aber nicht, dass die People-welt frei von Konflikten war. Vor allem Melanie war eine Meisterin darin, ihre Ideen unverändert durchzusetzen, worüber sich Steve regelmäßig aufregte. Aber sie trugen die Konflikte offener und ehrlicher aus. Mir fiel auch auf, dass die People nie von Arbeit sprachen. Es wirkte eher, als ginge jeder seiner Lieblingsbeschäftigung nach. Im Grunde war das auch so. Jeder hatte ein Profil im Netz, das den Beruf und spezielle Fähigkeiten anzeigte. Die People buchten sich gegenseitig und vergaben die Jobs untereinander. Die Arbeitsverhältnisse waren oft projektbezogen, konnten aber auch über Monate und Jahre hinweg andauern. Das kam darauf an, wonach gesucht wurde.

Die Grundidee des neuen Geldes war: einen geschlossenen Kreislauf zu schaffen, der so gestaltet war, dass durch die Menschen kein Schaden auf der Erde entsteht. Es ging darum, die Konten, vor allem die Lebenskonten, ausgeglichen zu halten. Das neue Geld war eine Schnittstelle, um zu zeigen, was der Einzelne der Gesellschaft entnimmt und was er zurückgeben kann. Dabei glich ein Programm die Informationen in Echtzeit gegeneinander ab. Wenn jemand hundertsechzig Stunden im Monat gebucht wurde und arbeiten ging, dann steckte da eine Information drin und im Produkt steckte auch eine Information. Die Rechnungsstellung erfolgte sofort bei Einkauf. Erbrachte der Einkäufer eine Leistung, bekam er die Leistung sofort gutgeschrieben. Das hieß: kurze Buchungssätze, keine Spekulationen, keine Banken – mit Ausnahme der Zentralbank. Die Preisgestaltung der Produkte war ziemlich komplex. Erstmals berücksichtigten Menschen die ökologische Wahrheit von Produkten. Es machte keinen Sinn mehr, Cola-Dosen um die ganze Welt zu fahren, weil das System den Transport und die damit verbundenen Emissionen als Negativfaktor mit einrechnete. Das führte schnell zu gewaltigen Umstellungen. Regionale Produkte waren plötzlich günstiger als Produkte mit langem Transportweg. Die Sprache der People hatte auf den neuen Geld- und Wirtschaftskreislauf reagiert. Im alten System bezeichneten die Ökonomen Patienten im Krankenhaus als ›Wertschöpfungseinheiten‹. Solche Wörter, auch das Wort ›Verbraucher‹ hörte ich bei den People überhaupt nicht mehr.

Jeder war für sein Profil verantwortlich. Es war immer möglich, das Profil zu ändern und etwas

Neues auszuprobieren. Das führte dazu, dass die meisten People genau an der richtigen Stelle arbeiteten, und das wiederum führte dazu, dass die Leute zufrieden waren. Es gab kaum stressbedingte Erkrankungen. Natürlich gab es Nachteile, denn nicht alle Ressourcen waren unbegrenzt. Dazu zählte der Wohnraum. Pro Mensch konnte nur eine bestimmte Wohnraumfläche vergeben werden. Im alten System hatten sich reiche Menschen mit ihrem Geld alles leisten können. Sie hatten sich durch ihr Geld eine allumfassende Legitimation erworben. Das ging im neuen System nicht mehr.

Während der ersten Tage arbeitete ich an solchen Standardisierungsfragen. Wir legten die allgemeine Lebenserwartung zugrunde, berechneten Energie- und Platzbedarf und fütterten das System mit Zahlenkolonnen. Wir spielten Modelle durch, die von einer Ausweitung des Peoplegebietes auf andere Länder ausgingen. Wir wussten nicht, ob es dazu kommen konnte, dennoch wollten wir vorbereitet sein. Zu diesem Zeitpunkt wusste ich schon, dass die große Welt die People nur duldete. Die People, so dachte ich, hatten einen Wissensvorsprung. Sie mussten in einem Bereich die Informationshoheit haben, sonst wären sie vielleicht schon vernichtet worden. Ich vermutete, dass die People eine Möglichkeit gefunden hatten, das Energieproblem der Menschen zu lösen. In diesen Bereich hatte ich keinen Einblick und es blieb viele Jahre lang dabei.

In regelmäßigen Abständen stand ich von meinen Berechnungen auf, griff zum Telefon und erkundigte mich bei Martin nach Helen.

Es dauerte dann doch zwei Wochen, bis sie nach Hause kam. Am letzten Maitag saß sie plötzlich im Apartment.

Sie sagte nichts. Ich kochte ihr einen Fencheltee und war froh darüber, dass sie abends etwas Tomatensalat und Toast aß. Bis Ende Juni blieb es im Grunde dabei. Helen saß im Stuhl, fixierte einen Punkt an der Wand, aß über den Tag verteilt ein bisschen und trank Tee.

Martin schaute fast jeden Tag bei uns vorbei. Er meinte, ich solle Geduld haben und Helen immer wieder ansprechen. Ich gewöhnte mir also an, ihr abends von meinem Tag zu erzählen.

Es muss einer der letzten Tage im Juni gewesen sein. Ich berichtete Helen, dass wir gerade versuchen würden, die Leistung des Einzelnen im System genauer herauszustellen. Die Leistung, so führte ich aus, zeige sich doch darin, ob derjenige die vollen hundertfünfzig Stunden pro Monat gebucht wird. Es gäbe aber auch genug People, die zweihundertfünfzig Stunden pro Monat und mehr arbeiten könnten, weil dementsprechend viele Buchungen aufgelaufen waren.

»Daran kann man doch den Wert des Einzelnen für die People wunderbar ablesen, oder etwa nicht?«

Helen schaute mich an und sagte langsam:

»Ja, das ist gut.«

Dabei hatte ihre Stimme einen warmen, melodischen Klang.

Jetzt erholte sich Helen rasch. Anfang Juli hielt sie sich noch in der Nähe des Apartments auf, einige Tage später unternahm sie bereits größere Spaziergänge. Sie brachte immer etwas mit. Einmal einen Strauß mit Löwenzahn, Hahnenfuß und allem anderen, was sonst noch gelb auf der Wiese blühte. Sie suchte sich eine Vase und strich immer wieder zart über die Blüten. Ein anderes Mal brachte sie ein Stück rötlicher Rinde. Fast täglich nahm sie mich an die Hand, zog mich vom Computer weg und zeigte mir Schmetterlinge, besonders schöne Steine und dann einen Platz an der Steilküste, von dem aus wir einen wundervollen Blick über das Meer hatten. Wir sahen das tiefblaue Wasser der Adria mit den unzähligen weißen Wellenspitzen. Der Bora-Wind peitschte die See auf. Immer wieder fuhren uns Windböen ins Gesicht.

»Ist das schön?«, fragte sie mich.

Ich nickte.

»Schön wie du«, sagte sie und strich mir mit einer Hand über das Gesicht.

»Die festen, schmalen Lippen, die männliche Nase und deine geschwungenen Augenbrauen, die so dunkel sind wie die Augen selbst. Du bist ein schöner Mann.«

Sie legte ihren Kopf an meine Brust und ich strich ihr über die noch kurzen Haare, die schon wieder ein gutes Stück gewachsen waren. Wir schauten uns vom Felsen aus den Sonnenuntergang an und Helen flüsterte immer wieder:

»Wie schön.«

Ich konnte es nicht. In diesem Moment konnte ich sie nicht fragen, was sie über Christin und die Kinder wusste.

Wir blieben noch eine Weile sitzen und machten uns dann auf den Heimweg. Es führte ein einziger Pfad von dem Felsen herunter. Ich drehte meinen Kopf immer wieder nach rechts, um einen Blick auf das unruhige Meer zu erhaschen. Dabei übersah ich einen losen Stein und mein rechter Fuß knickte nach innen weg. Der Schmerz schoss durch das Bein bis zur Hüfte hinauf. Helen war sofort bei mir, um mich zu stützen. Sie versuchte sogar, mich hochzuheben.

»Willst du mich nach Hause tragen?«, fragte ich und schüttelte den Kopf.

Ich legte den linken Arm auf ihre Schulter. Sie schlang ihren Arm um meine Hüfte und wir folgten vorsichtig dem Pfad und kamen schließlich zu Hause an. Helen schob mich in das Schlafzimmer und half mir aus der Hose. Ich ließ mich auf das Bett fallen. Sie rückte mir das Kissen zurecht, deckte mich zu wie ein kleines Kind und kurze Zeit später erschien sie mit feuchten Tüchern. Sie wickelte mir behutsam ein Tuch um den verstauchten Knöchel und ich sah ihr dabei zu. In ihre Wangen war eine dezente Röte gekrochen. Helen war ganz in ihrer Aufgabe versunken. Obwohl sich ihre Hände zielstrebig bewegten, gingen ihre Bewegungen wellenförmig, fast streichelnd ineinander über. Ich spürte tiefe Harmonie von ihr ausgehen.

Dann erschien es so, als wäre sie froh, mich pflegen zu können, so als hätte sie etwas nachzuholen, eine Lücke zu schließen.

War sie als Kind jemals so umsorgt worden, fragte ich mich. Wahrscheinlich nicht. Ich konnte die Kälte, in der sie aufgewachsen sein musste, förmlich spüren und mir zog sich in diesem Moment, als ich Helen beobachtete, das Herz zusammen.

Am nächsten Tag hatten meine Schmerzen bereits etwas nachgelassen, doch Helen bestand darauf, dass ich im Bett blieb. Sie betrachtete sich immer mal wieder im großen Schlafzimmerspiegel, denn sie hatte ein paar Tage zuvor am Mittelscheitel einen grauen Haaransatz entdeckt, der ihr offenbar keine Ruhe ließ.

Sie blieb in meiner Nähe und mir fiel auf, dass es mich nicht störte. In vorherigen Beziehungen hatte ich immer auf mein eigenes Arbeitszimmer bestanden und auch Christin hatte mit meinen regelmäßigen Rückzügen zu kämpfen gehabt. In diesen Tagen wurde ich ganz. Alles in mir heilte. Ich schlief gut und freute mich auf jeden neuen Tag.

Wir verbrachten einen wunderbaren Sommer. Helen half mir bei meiner Arbeit. Trotzdem glaubte ich, dass es nicht so bleiben würde. Vielleicht warteten die People nur ab, bis Helen wieder ganz gesund war. Möglicherweise würden sie uns in die große Welt zurückschicken, um den Rat zu stoppen. Niemand kannte die wirtschaftlichen und finanziellen Zusammenhänge so gut wie Helen und ich. Ich spekulierte also, und da die People noch nicht mit uns gesprochen hatten, beschloss ich, jeden Tag mit ihr zu genießen, und das war richtig, wie ich bald erfahren sollte. Der Sommer verging schnell. Im Herbst sammelte Helen vor allem die großen, bunten Kastanienblätter. Mitte November, genau einen Tag vor der Tragödie, dachte sie laut darüber nach, ob unsere Tochter dunkle Augen haben würde oder nicht.

»Du bist schwanger?«, rief ich laut durch das Apartment und nahm sie in die Arme.

»Nein«, sagte sie. »Ich wollte sehen, wie du reagierst.«

Ich schlief in dieser Nacht schlecht. Als ich am frühen Morgen das Lederbändchen zwischen ihren Fingern entdeckte, glaubte ich noch zu träumen. Ich stützte mich auf einen Arm ab und richtete mich auf.

Mit einer Hand fuhr ich mir über die Augen. Ich schaute Helen an und erschrak. Ihre Gesichtshaut war blass-gräulich. Das Kinn erschien spitzer und ihre Augen größer als sonst. Ich griff nach ihrer Hand und merkte, wie kühl sie sich anfühlte.

»Was ist los?«, rief ich und wälzte mich aus dem Bett. »Ich rufe Martin an.«

»Nein, lass«, sagte Helen leise. »Wir haben nicht viel Zeit.«

Ich lief um das Bett, setzte mich zu ihr auf die Bettkante und legte eine Hand auf ihre Stirn. Ich spürte den kühlen Schweißfilm an meinen Fingern. Sie hob sehr langsam ihren Arm und in ihrer Hand sah ich das Bändchen, an dem die Muschel baumelte.

Ich nahm meine Hand von ihrer Stirn und griff zögernd nach dem Bändchen.

»Christins Bändchen.«

Helen ließ den Arm sinken und schloss für einen Moment die Augen.

Dann drehte sie langsam den Kopf zu mir und sagte:

»Es war meine erste Aktion überhaupt. Wir hatten die Aufgabe, ein Auto zu beobachten. In diesem Fall sollten Steve und ich einem roten Opel Corsa folgen. Steve flog den Hubschrauber. An diesem Tag war die Sicht sehr schlecht.«

Ich hatte sofort Christins roten Corsa vor Augen und krallte Daumen und Finger so fest um den Rand der Muschel, dass es begann zu schmerzen.

»Sie hatten uns gesagt«, fuhr Helen fort, »es handele sich um drei Männer, um Terroristen. Als wir über dem Corsa waren, konnte ich eine Frauenstimme hören und zwei helle Kinderstimmen. Nur einen Augenblick konnte ich die Stimmen hören, aber das hatte genügt, mich zweifeln zu lassen. Dann knallte es auch schon unter uns. Nach dem Unfall befahl ich Steve, runterzugehen. Christin war aus dem Auto geschleudert worden. Als ich bei ihr ankam, hatte sie noch die Kraft zu sagen, dass ich auf dich aufpassen solle. Sie streckte mir mit einer Hand die Muschel entgegen. Ich nahm ihr das Bändchen vom Hals. Christin lächelte, bevor sie starb. Sie war eine starke Frau.«

»Mein Gott«, flüsterte ich. »Und Paul und Anna?«

»Quäl dich nicht«, hauchte Helen.

Ich hielt mir die Hände vor die Augen, unfähig Helen anzuschauen, bis ich merkte, dass sie die Bettdecke wegstrampelte.

Es schien, als wolle sie fliehen.

»Nicht viel Zeit«, sagte sie wieder. »Weltweit gab es von uns nur zehn. Meine Eltern hatten damals der Operation zugestimmt, denn für die Zukunft brauchte es die Verbindung von Mensch und Technik, dachten sie und ich glaubte ihnen. Die Spannungen zwischen den europäischen Staaten, die Finanzkrisen, der Verfall des Geldes und die Flüchtlingsströme, all das erforderte einen Kampf in einer ganz anderen Dimension. Meine Familie, die Familie Frey, ist eine berühmte Familie: Ärzte, Politiker und Schriftsteller. Wir waren dieser Tradition verpflichtet, aber vor allem der Zukunft. Meine Eltern und auch der Rest der Familie ließen mich aber dann fallen. Ich weiß bis heute nicht, inwieweit der Rat dabei eine Rolle gespielt hat. Ich hatte dann nur noch dich und das Versprechen, das ich Christin gegeben hatte.«

»Der Rat? Dein Auftraggeber?«

»Über Jahre spielte ich ihnen einen Fehlercode vor. Sie vertrauten mir nicht ganz und ich musste keine Sortierungen vornehmen. Ich konnte viele, so wie dich auch, vor den Sortierungen retten und sie hierher bringen. Und trotzdem, wenn du es genau nimmst ... bin ich eine ... ich bin eine ...«

»Pscht, Helen du warst noch ein Kind, als die Operationen begannen.«

»Wir haben auf die Technik gesetzt, auf die Perfektion, auf die Programme. Aber es geht nicht darum. Sechs Monate nach Christins Tod hast du die Bierflaschen im Kasten gelassen. Du hast dich aus dem Sumpf herausgezogen und bist deinen Ideen gefolgt; trotzdem so viele Absagen von den Verlagen kamen und du kaum Geld hattest. Keine Maschine kann so eine Begeisterung verstehen. Ich wollte auch so fühlen und hoffen können wie du. Natürlich hatte ich auch erkannt, dass dein Konzept so viele Probleme lösen konnte. Ich brannte darauf, diesem Konzept auf die Beine zu helfen und ich sah mich in der Pflicht, denn ich träume immer noch jede Nacht von Christin, Paul und Anna.«

Helen seufzte und drückte mir die Hand. Ich spürte, wie ihr Händedruck nachließ. Sie hauchte:

»Wenn Liebe bedeutet, sagen zu können: Ich freue mich darauf, nach Hause zu kommen, weil du auf mich wartest. Ich freue mich darauf, mit dir gemeinsam zu kochen, zu reden und zu lachen, deine warme Haut zu streicheln. Wenn es das ist, dann kann ich sagen, dass ich dich liebe, und das ist das größte Glück für mich, dass ich es jetzt sagen kann.«

»Du bist eine wunderbare Frau.«

Genau in diesem Moment kam Wind auf und der Vorhang vor dem offenen Fenster wehte mir in das Gesicht. Ich spürte, wie das letzte bisschen Spannung aus Helens Fingern wich, und als ich den Vorhang endlich aus meinem Gesicht gestreift hatte, war Helens Kopf bereits zur Seite gesunken.

Zwischen uns lag das Bändchen auf dem weißen Bettlaken. Ich griff wieder danach und drückte es an meine Brust, während Tränen an meinen Wangen herunterliefen.

Am selben Abend fand ich Helens Tagebuch und erfuhr, dass sie seit der Operation an fürchterlichen Kopfschmerzen gelitten hatte.

Ich blätterte durch die Seiten und las den letzten Eintrag:

Mein Lieber, spiele mir Flatbush Waltz. Deine Helen.

Am Tag der Beerdigung sah ich zuerst Melanie, Steve und Martin. Hinter ihnen standen Frauen und Männer, Alte und Kinder dicht an dicht. Alle schienen gekommen zu sein, um Helen die letzte Ehre zu erweisen. Melanie, Steve und Martin hatten sich, wie die anderen auch, die Arme über die Schultern gelegt. Melanies und Steves Kampf um die jeweils beste Idee war vergessen. Dass sie sich so nahe sein konnten, berührte mich so stark, dass sich meine Augen mit Tränen füllten. Die People nahmen mich in die Mitte und ich hatte mich noch nie so geborgen gefühlt wie in diesem Moment.

Während wir zum Friedhof liefen, gesellte sich ein Mann mit einem Gitarrenkoffer zu mir. Ich umklammerte meine alte Mandoline.

Helens Geschichte war außerordentlich. Die Liste ihrer Verdienste war lang und die Redner wechselten sich ab. Dann entstand eine Pause und die People formierten sich um mich und um den Gitarrenspieler. Ich nickte ihm zu und ordnete meine Finger auf dem Griffbrett der Mandoline.

Wieder der melancholische g-Moll-Akkord. Die alten Bilder kamen in mir hoch: Christin, Paul und Anna, ein letztes Mal das Zuschlagen der Autotür. Wochen später die Bierlache in meiner Wohnung

und ich, der sich vom klebrigen Boden hochhievte
und kaum noch fähig war zu laufen. Jetzt spielten
wir den Auftakt des zweiten Teils und es war, als
würde ein Adler seine Schwingen öffnen und immer
höher dem Himmel entgegen steigen. Denn mit dem
zweiten Teil durchbrachen Sonnenstrahlen das Düs-
tere des Mollakkords. Ich ließ die schwierigen Dop-
pelgriffe weg und umso klarer und heller erhob sich
die Musik über unsere Köpfe.

Ich stecke die Hülle auf meinen Füller und atme tief durch. Die Erinnerung an Helen, während des Schreibens, hatte ich so intensiv erlebt, als wäre die Zeit mit ihr gerade erst vorbei. Dabei liegt das alles siebenundfünfzig Jahre zurück.

Mein Konzept, das anfangs nahezu wertlos erschien, an dem ich aber trotzdem festgehalten habe, weil ich davon überzeugt war, hatte mich gerettet. Hätte ich dem Bier damals nicht widerstehen können, dann wäre Helen nie dazu bereit gewesen, mich zu den People of Source zu bringen.

Ich habe mich gerade erschrocken, denn ich habe Schüsse gehört. So bleibt für mich, wieder nur zu hoffen, dass unsere Arbeit weiterlebt. Ich will mich beeilen und diesen Bericht in das Versteck legen. Daneben liegen eine ganze Reihe von *Start Up Tools* und Konzepten, mit denen Menschen unser System nachbauen können. Gleich werde ich das Versteck ein letztes Mal öffnen und schließen. Danach werde ich in das Apartment zurückkommen und ihnen ruhig entgegentreten.